生きる力。

【山頭火のコトバから】

種田山頭火

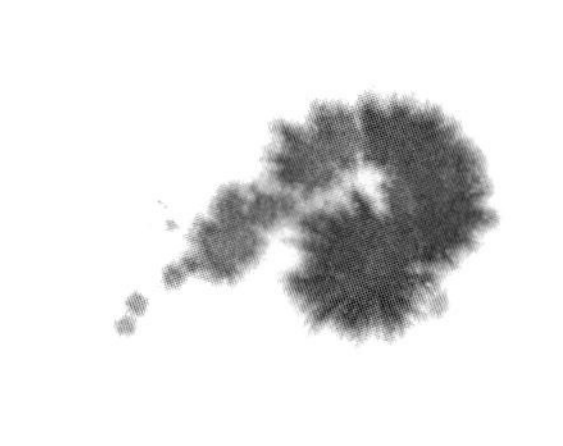

はじめに

平成二十九年十月七日、種田山頭火顕彰記念館が山頭火の生誕地山口県防府市に「山頭火ふるさと館」としてオープンいたしました。三十五歳でふるさと防府を離れ、帰りたくても帰れなかった山頭火がやっとふるさとに帰ってきました。山頭火が防府のまちに帰ってきたのは百年ぶりになります。

山頭火はふるさとを想いながら句をつくり、漂泊の旅を続けた孤高の俳人です。家を捨て、帰る家も故郷もない山頭火は漂泊の旅を続け、生涯ふるさとに帰ることはできませんでした。その山頭火が旅の途中、大阪で詠んだ句があります。

みんなかへる家はあるゆふべのゆきき

夕暮れにみんなは帰る家があるから家路を急いでいるが、私にはすでに家を捨て、帰る家はない。私には帰るふるさとがないのだという悲しい句です。

ふるさとを詠んだ句は、他にもたくさんあります。

年とれば故郷こひしいつくつくぼうし

漂泊の旅を続けながら、ふるさとを想い続けた山頭火の句は心を打ちます。ふるさとに帰れず、一人さみしくふるさとを想い続けた山頭火。その彼が亡くなって八十年近く経ってから、自分の顕彰記念館が生誕地に完成したと知ったら山頭火はどんなに喜んだことでしょう。

記念館のオープン当日は、急に大粒の雨が降り出し、一時会場を濡らしましたがあの雨はふるさとに帰ってきた山頭火の喜びの涙雨であったに違いありません。

山頭火が没して今年で七十八年、山頭火の研究はこれまで多くの方により行われてきましたし、山頭火ファンも全国に広がっています。現在、山頭火は昭和の芭蕉、自由律俳句の代表と言われていますが、一方で、辛くて厳しい、そして淋しい彼の人生と、彼を取り巻くこれまでの長い歴史があって、今があることを忘れてはなりません。

大切な母を亡くし、家庭の事情もあってふるさと防府を逃げるように去った山頭火の人生は波乱万丈でした。そんな山頭火自身の生き様はもちろん、家族や種田家の影の部分、いわゆる負の部分も全部受けとめ、時空を超えてあらためて山頭火という人を見据えた時、彼が残してくれた確かなものが一筋の光となって見えてきます。

山頭火はいったい私たちに何を残したのか、一筋の光とは何なのか、それをお伝えするのがこの本の大きな目的です。

山頭火が残した確かなもの、一筋の光、それを私たちは「生きる力」と捉えています。山頭火が私たちに与えてくれる「生きる力」、その「生きる力」とは……

私たちは皆、人生を歩んでくる中で何度も壁にぶつかりながら生きてきました。そして、これからもたくさんの壁が私たちの前に立ちはだかるでありましょう。そんな困難時にあがきながらもなんとか自分で前に進む原動力となるもの、それが「生きる力」です。

困難にぶつかり、くじけそうになった時、孤独で寂しい時、つらい時、悲しい時、生きていくことが虚しいと思ったとき、そんなときに山頭火の生き様や孤高の旅を続けながらつくった彼の句が私たちの心にぽっと灯りをともしてくれることがあります。

山頭火が生涯つくった句は約八万とも言われておりますが、現在実際に残っている句はそのうちの一万二千句です。山頭火の生き様にふれながら、山頭火が残したそれらの句の中から、「生きる力」となって皆さんの心に届く句を選んで、皆様にご紹介したいと思います。

この本では、山頭火が伝えてくれる「生きる力」を次のように大きく五つに分けて、解説しています。

1

元来、
人は結局皆一人で生きていくもの、
人の生き方の原点に迫ります。
旅に生き、句作に生きた山頭火が、
一人で生きている自分を
見つめて作った句を紹介しています。

2 水の如く生きる

水は人生の如し、
行乞流転、漂泊の旅に生きた山頭火は
水のようにありたいと願っていました。
山頭火が自分の生き様を
流れる水に重ねた句を紹介しています。

3
「死」をうたい「生」へ歩む

山頭火は
死に場所を探した旅もしています。
死を意識しながら作った句は
読む人々に強烈な印象を与えますが、
結局は「死」と真逆の「生」へ
進んでいくことになります。

4

自然とともに暮らす

山頭火の人生のバックボーンの一つが、
彼の句集のタイトルにもなっている
『草木塔』です。
草木塔とは、身の回りにある一木一草
すべてに魂が宿り、万物すべてが仏に
なるという自然畏敬の念を表しています。

生涯にわたり、ふるさとに対する
深い愛情を持ち続けた山頭火。
ふるさとは、ときに私たちの
生きる上での支えになることもあります。
ふるさとを想う山頭火の句が
心に響きます。

ふるさとを想う

5

この本を読まれて、元気が出た、背中を押してくれた、生きる力が湧いてきた、心が少し軽くなった、そしてまさに「生きる力」をもらった、そんなふうに感じていただけたら嬉しく思います。

平成三十年十月

山頭火ふるさと館　初代館長

西田　稔

1 一人自分を見つめる

山頭火は旅に生き、句作に生きた。それらはすべて、一人で生きる山頭火が自分を見つめるための手段であったのかもしれない。その最も特徴的なものが、次の句である。

自嘲

うしろすがたのしぐれてゆくか

自分自身では見ることのできないうしろ姿を、他人の目線を借りて見つめ、「自嘲」している。そのうしろ姿は、「しぐれてゆく」、すなわち漂泊の旅にしか生きることのできない姿である。自分を見つめ、自ら嘲りながら、「山頭火」として自分の道を生きていく一人の人間の心が、この句をはじめ多くの句から見えてくる。

何を求める風の中ゆく

昭和10年6月『其中日記』／『雑草風景』

何でこんなにさみしい風ふく

昭和7年7月『行乞記』

さみしい風が歩かせる

昭和7年2月『行乞記』

風の中おのれを責めつつ歩く

昭和12年『孤寒』／『孤寒』

どうしようもないわたしが歩いてゐる

昭和5年2月『層雲』／『鉢の子』

まつすぐな道でさみしい

昭和4年1月『層雲』／『鉢の子』

うしろすがたのしぐれてゆくか

自嘲

昭和6年12月『行乞記』／『鉢の子』

雪、雪、雪の一人

昭和8年1月『其中日記』

捨てきれない荷物のおもさまへうしろ

昭和5年 書簡／『鉢の子』

行乞途上

あるいてさみしい顔を小供にのぞかれて

昭和8年9、10月『行乞記』

さみしいからだをずんぶり浸けた

昭和7年6月『行乞記』

いつも一人で赤とんぼ

昭和7年8月『行乞記』／『草木塔』

鴉啼いてわたしも一人

放哉居士の作に和して

大正15年11月『層雲』／『鉢の子』

酔へば
やたらに人のこひしい
星がまゝたいてゐる

昭和7年10月『其中日記』

三日月よ逢ひたい人がある

彼女ぢゃない、彼だ

昭和7年9月『行乞記』

ひとりにはなりきれない空を見あげる

昭和6年1月『行乞記』

人を見送り

ひとりで
かへる
ぬかるみ

昭和8年9、10月『行乞記』／『山行水行』

やつぱり一人はさみしい枯草

昭和11年『柿の葉』／『柿の葉』

やつぱり一人がよろしい雑草

昭和8年6月『其中日記』／『草木塔』

其中一人いつも一人の草萌ゆる

昭和13年2月　書簡／『孤寒』

ひとりひつそり雑草の中

昭和9年5月『其中日記』

蜘蛛は網張る私は私を肯定する

昭和9年6月『其中日記』／『山行水行』

いただいて足りて一人の箸をおく

昭和7年6月『層雲』／『鉢の子』

歩かない日はさみしい、
飲まない日はさみしい、
作らない日はさみしい、

ひとりでゐることは
さみしいけれど、

ひとりで歩き、
ひとりで飲み、
ひとりで作つてゐることは

さみしくない。

昭和5年10月『行乞記』より

さすらひの果はいづくぞ衣がへ

わざと定型一句

昭和13年3月『其中日記』

私は山頭火になりきれば
よろしいのである。
自分を自分として活かせば、
それが私の道である。

昭和11年1月『旅日記』より

山頭火これからまたひとり

昭和5年10月　書簡

道は前にある、
まつすぐに行かう、
まつすぐに行かう。

昭和8年2月『三八九集』第六集より

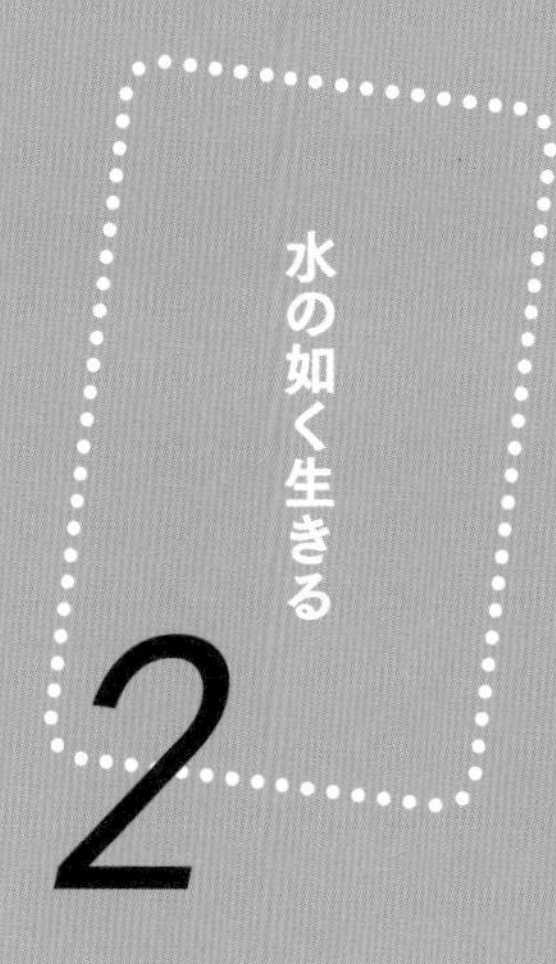

2 水の如く生きる

山頭火の俳句には水の句が多い。

全国を旅する中で各地の名水を味わったとも言われている山頭火は、水に特別な思いを抱いていたようだ。その源流はおそらく、ふるさと防府の佐波川の豊かな流れに囲まれて育った幼少期にあるのだろう。同時に禅僧でもあった山頭火には鴨長明の『方丈記』冒頭「ゆく川の流れは絶えずして、しかももとの水にあらず」に見られるような、流れゆく水に無常観を見いだす意識もあったのだろう。

行乞流転、漂泊の旅に生きた山頭火は自らの生き様を流れゆく水に重ね、水のようでありたいと願った。水を飲むということは、単に水の味を味わうだけでなく、水を自らの内に取り込むことで水のような生き方を目指す、そのための行為だったのかもしれない。

こんなにうまい水があふれてゐる

昭和5年10月『行乞記』／『鉢の子』

飲みたい水が音たててゐた

昭和9年3、4月『其中日記』／『山行水行』

へうへうとして水を味ふ

昭和3年11月『層雲』／『鉢の子』

分け入れば水音

昭和5年3月『層雲』／『鉢の子』

こゝろあらためて水くみあげてのむ

昭和9年2月『其中日記』

旅人の身ぬちしみとほる水なり

身ぬち………身のうち

昭和14年5月『旅日記』

水に影ある旅人である

昭和4年5月『層雲』／『鉢の子』

たゝずめば水音のはてもなし

昭和14年5月『旅日記』

春がきた水音のそれからそれへあるく

昭和9年2月『其中日記』

天竜川をさかのぼる

水音けふもひとり旅ゆく

昭和14年5月『旅日記』／『鴉』

水のながれの雲のすがたのうつりゆく

昭和15年8月『一草庵日記』

私は
水の如く湧き、
水の如く流れ、
水の如く詠ひたい。

昭和6年『三八九集』第三集より

こころおちつかない水は濁りて

昭和14年5月『旅日記』

死をまへにして濁つた水の

昭和8年4月『其中日記』

死へのみちは水音をさかのぼりつつ

昭和11年10月『其中日記』

生きてゐることがうれしい水をくむ

昭和9年12月『其中日記』

水音しんじつおちつきました

昭和7年10月『其中日記』／『草木塔』

水音のたえずして御仏とあり

昭和11年7月『旅日記』／『柿の葉』

涸れてくる水の澄みやう

昭和11年『柿の葉』／『柿の葉』

こころ澄めば水音

昭和11年8月 書簡

淡如水——それが私の境涯でなければならないから

昭和8年『草木塔』より

濁れる水の流れつつ澄む

昭和15年9月『一草庵日記』

3 「死」をうたい「生」へ歩む

昭和十年十二月、山頭火は〈其中庵(ごちゅうあん)〉を出立し、八か月にも及ぶ長旅へ歩みはじめた。それは、各地の俳句仲間を頼りながら、芭蕉や良寛等先人の足跡を訪ね歩くと同時に*「死に場所をさがし」た旅であった。

その旅の前後には「死」に関する句も多く作っており、昭和十年八月には『死をうたふ』と題して十一句を詠んでいる。それら「死」を詠った句は、読む人々に強烈な印象を与えるとともに、いっそう「生」を意識させるものである。

山頭火自身も、旅の中で「死に場所」を求め「死」を詠みながら歩き続けるうちに、「生」へ進んでいくことができたのではないだろうか。

*『其中日記』昭和10年12月6日より引用

ここを死に場所とし 草のしげりにしげり

昭和9年7月『其中日記』／『山行水行』

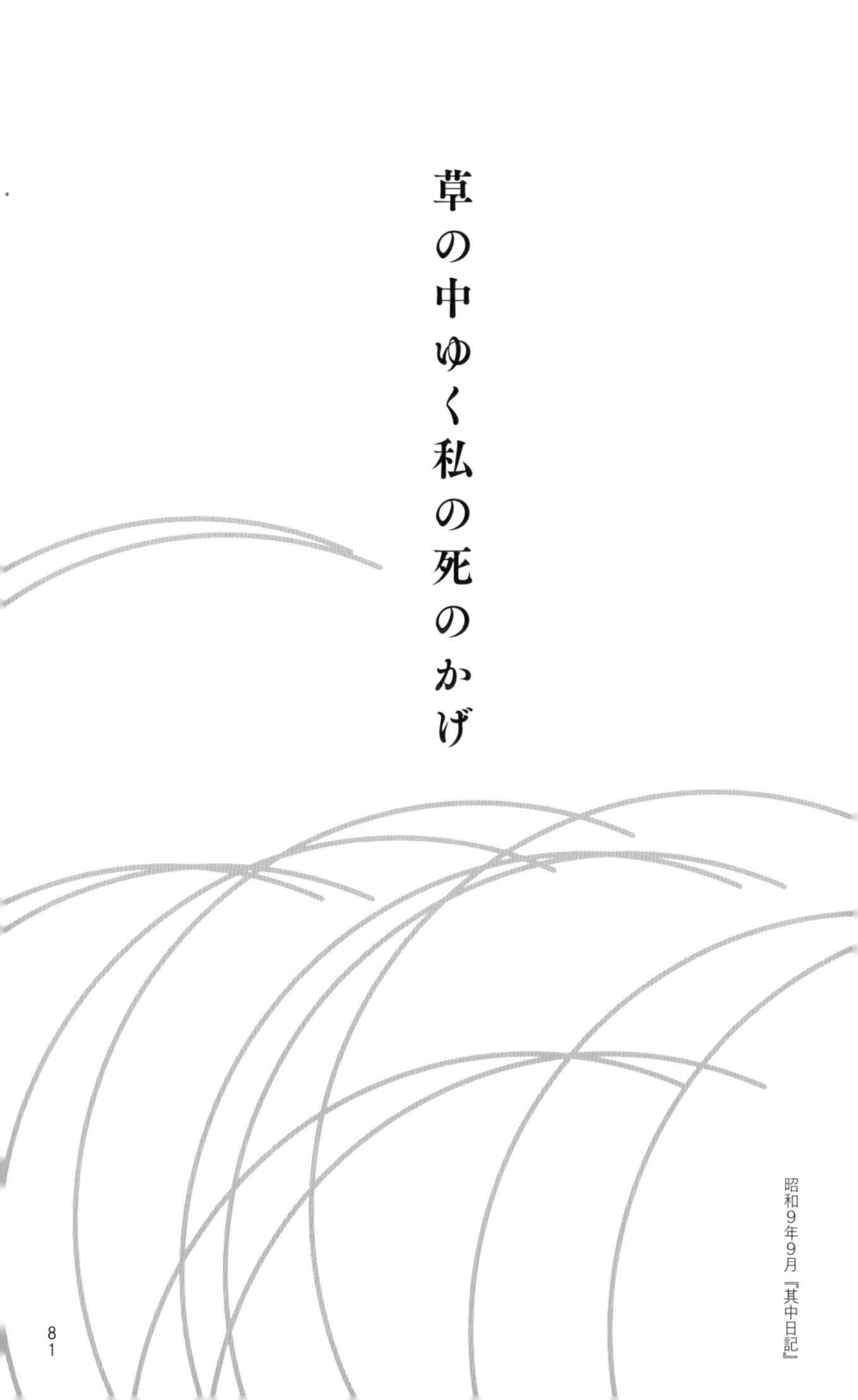

草の中ゆく私の死のかげ

昭和9年9月『其中日記』

草や
木や
死にそこなうた
わたしなれども

昭和9年5月『其中日記』

死にたいときに死ぬるがよろしい水仙匂ふ

昭和10年2月『其中日記』

あれから一年生き伸びてゐる柿の芽

昭和10年4月『其中日記』

何かさみしく死んでしまへと

とぶ

とんぼ

昭和11年5月『旅日記』

死んでしまへば、雑草雨ふる

昭和10年8月『其中日記』「死をうたふ」より／『雑草風景』

死がせまつてくる炎天

昭和10年8月『其中日記』「死をうたふ」より

死をまへにして涼しい風

昭和10年8月『其中日記』「死をうたふ」より

風鈴の鳴るさへ死のしのびよる

昭和十年八月『其中日記』「死をうたふ」より／『雑草風景』

ふと死の誘惑が星がまたたく

昭和10年8月『其中日記』「死をうたふ」より

どこで倒れてもよい山うぐいす

昭和11年3月『旅日記』

おもひおくことはない
ゆふべの
芋の葉　ひらひら

昭和10年8月『其中日記』「死をうたふ」より

山から風が風鈴へ、生きてゐたいとおもふ

昭和10年8月『其中日記』

死がちかづけばおのれの体臭

昭和10年9月『其中日記』

かうして生きてゐることが、草の芽が赤い

昭和11年4月『旅日記』

てふてふ　ひらひら　いらかを　こえた

昭和11年7月『旅日記』／『柿の葉』

天

われを殺さずして
詩を作らしむ
われ生きて
詩を作らむ
われみづからの
まことなる詩を

昭和13年『孤寒』より

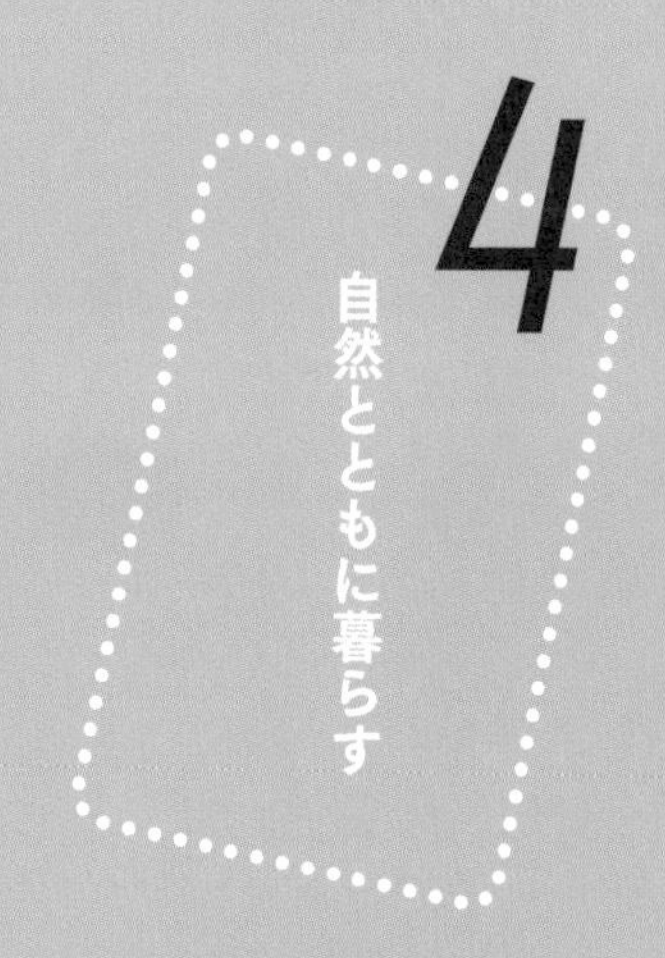

4 自然とともに暮らす

山頭火は生涯で七冊の句集と、それらをまとめた一代句集を出版している。そのタイトルを列挙してみると、次のようになる。

第一句集『鉢の子』

第二句集『草木塔（そうもくとう）』

第三句集『山行水行（さんこうすいこう）』

第四句集『雑草風景』

第五句集『柿の葉』

第六句集『孤寒（こかん）』

第七句集『鴉（からす）』

一代句集『草木塔』

第一句集『鉢の子』、第六句集『孤寒』以外は、すべて自然にかかわる言葉である。

特に、一代句集の名にもなった『草木塔』はもともと、自然を敬い感謝する精神にもとづき、草木の命を供養するための石碑のことを指す。

自然に対する畏敬の念を持ち、自然と共に生きた山頭火の姿勢が、一代句集の名に象徴されているようである。

信濃路

あるけば
かっこう
いそげば
かっこう

昭和11年5月『旅日記』／『柿の葉』

へたくそな　鶯も啼いてくれる

昭和7年5月『行乞記』

こゝで泊らうつくし〳〵ぼうし

昭和5年9月『行乞記』

つかれた脚へとんぼとまつた

昭和5年3月『層雲』／『鉢の子』

しぐるるや犬と向き合つてゐる

昭和5年2月『層雲』

今日の道のたんぽぽ咲いた

昭和5年9月『行乞記』／『鉢の子』

水仙ひらかうとするしづけさに　をる

昭和6年1月『行乞記』

生えて伸びて咲いてゐる　幸福

昭和9年5月『其中日記』／『山行水行』

生えよ伸びよ咲いてゆたかな風のすずしく

雑草礼賛

昭和15年8月『一草庵日記』

空へ若竹のなやみなし

昭和10年5月『其中日記』／『雑草風景』

ひとりひつそり竹の子竹になる

昭和9年7月『其中日記』／『山行水行』

ここにおちつき草萌ゆる

昭和7年3月『行乞記』／『鉢の子』

身の
まはりは
日に
日に
好きな
草が
咲く

昭和13年『鴉』／『鴉』

秋が来た雑草にすわる

昭和5年10月『行乞記』

生きてゐるもののあはれがぬかるみのなか

昭和9年3月『其中日記』

大地にすわるすゝきのひかり

昭和8年9月『行乞記』

花いばら、ここの土とならうよ

川棚温泉

昭和7年6月『行乞記』／『草木塔』

いちにち雨ふる土に種子を抱かせる

昭和10年9月『其中日記』

ゆふ空から柚子の一つをもらふ

昭和7年10月『其中日記』／『草木塔』

今日いちにちのおだやかに落ちる日

昭和15年 句帖

こゝろつかれて山が海がうつくしすぎる

昭和5年10月『行乞記』

われいまここに海の青さのかぎりなし

昭和14年11月『四国遍路日記』

山あれば　山を観る
雨の日は　雨を聴く

昭和9年『山行水行』より

春夏秋冬

あしたも　よろし
ゆふべも　よろし

あした……朝

5 ふるさとを想う

ふるさとは私たちが生きる上で、あるときは心の支えとなり、またあるときは重荷となることもある。

大正五年、三十五歳のとき、山頭火は妻子とともにふるさとの地を去った。その後、妻子をも置いて、大正十四年に出家し、翌年には行乞の旅に出る。昭和十四年に愛媛県松山市で亡くなるまでふるさと防府に居を構えることはなかった。

ふるさとを捨て、家族をも見捨てた、そんな印象を受けるかもしれない。

しかし実際には、ふるさとを離れてもなおふるさとを想い続け、ふるさとに足を運ぶことはできてもそこに留まることはできなかったのである。生涯にわたり、ふるさとに対する深い愛情と葛藤があった。その想いが垣間見えたとき、山頭火の句は人の心を打つものになるのではないだろうか。

年とれば故郷こひしいつくつくぼうし

昭和5年10月『行乞記』／『鉢の子』

蕎麦の花にも少年の日がなつかしい

昭和5年10月『行乞記』

ふる郷の言葉なつかしう話しつゞける

昭和5年11月『行乞記』

いちにち雨ふり故郷のこと考へてゐた

昭和5年10月『行乞記』

海よ海よふるさとの海の青さよ

大正6年5月 句会

あの汽車もふる郷の方へ音たかく

昭和5年11月『行乞記』

ほうたる
こいこい
ふるさとに
きた

昭和7年6月『行乞記』／『草木塔』

ふるさとは
みかんの
はなの
にほふとき

昭和7年5月『行乞記』

かすんでかさなって山がふるさと

昭和8年8月『層雲』／『草木塔』

ふるさとの言葉のなかにすわる

鄉

昭和7年5月『行乞記』

宮市……みやいち。山頭火の生家近くの地名

宮市はふるさとのふるさと、
一石一木も追懐をそゝらないものはない、
そして微苦笑に値しないものはない。

昭和9年6月『其中日記』より

昭和7年8月『行乞記』

うぶすなの宮はお祭のかざり

うぶすな……産土と書く。人の出生の地、故郷

かめば　少年の日のなつめの実よ

昭和8年4月『其中日記』

ふるさとの水をのみ水をあび

昭和8年7月『行乞記』／『山行水行』

おもひでの草のこみちをお墓まで

昭和7年8月『行乞記』

ほろにがさもふるさとの蕗のとう

昭和9年6月『其中日記』／『雑草風景』

うまれた家はあとかたもないほうたる

昭和13年 句帖／『孤寒』

寝るところが見つからないふるさとの空

昭和5年12月『行乞記』

ふりかへる

ふるさとの山の濃き薄き

昭和5年12月『行乞記』

わかれきて峠となれば　ふりかへり

昭和8年6月『行乞記』

秋日あついふるさとは通りぬけよう

昭和8年9月『行乞記』

波音おだやかな夢のふるさと

野宿いろ〳〵

昭和14年11月『四国遍路日記』

故郷を忘じ難し、そして留まり難し。

昭和12年『其中日記』より

家郷を忘じ難しといふ。
まことにそのとほりである。
故郷はとうてい捨てきれないものである。
それを愛する人は愛する意味に於て、
それを憎む人は憎む意味に於て。

昭和7年『三八九集』第四集より

雨ふるふるさとははだしであるく

昭和7年9月『其中日記』／『草木塔』

附記

一　句はすべて『山頭火全句集』（春陽堂書店／２０１３）から引用。

二　『日記』『三八九集』の文章は『山頭火全集』（春陽堂書店／１９８６〜１９８８）から引用。

三　七句集の文章は『山頭火全句集』（春陽堂書店／２０１３）から引用。

四　句の初出年月・初出出典／所収の七句集を記す。

五　初出の句と句集所収の句に異同がある場合は句集に拠る。

公益財団法人 防府市文化振興財団

〒747-0032 山口県防府市宮市町5番13号
TEL : 0835-28-3107 FAX : 0835-28-3113
■ 午前10時〜午後6時 ■ 火曜休館
E-mail : info@hofu-santoka.jp
URL : http://hofu-santoka.jp/

自由律俳句の代表的俳人、種田山頭火。全国を行脚する中で詠まれた数多くの句は、今なお人々を魅了してやみません。

彼のふるさとである山口県防府市に開館した山頭火ふるさと館は、「山頭火をうたい、山頭火にしたしみ、山頭火をつたえる」をテーマに、山頭火の顕彰や継承を行う施設です。また、自由律俳句の拠点として、人々の交流の場や、山頭火とそのふるさと防府に関する様々な情報を提供しています。

館内には無料スペースと有料スペースがあり、無料スペースは自由に入ることができます。山頭火に関するパネル展示や、市民ギャラリーでの市民の方による文芸活動の展示、防府市ゆかりの文芸家のパネル展示などもあります。

有料スペースは常設展示室と特別展示室があり、常設展示室では壁面パネルでの解説と、句会の資料や種田酒造場の遺品、生前に発行した七句集などの展示により、山頭火の生涯を紹介しています。七句集はタッチパネルやレプリカを設置し、読んでいただけるようになっています。特別展示室では、年五回程度の企画展を開催します。ここでは、当館が所蔵する、山頭火やその周辺の俳人の直筆作品も公開します。

生きる力。

二〇一八年一一月二十五日　初版第一刷発行

著作者　種田山頭火
編　集　山頭火ふるさと館

発行者／伊藤良則
発行所／株式会社 春陽堂書店
東京都中央区日本橋三－四－十六
電話　03（3271）0051
デザイン／山口桃志
印刷・製本／ラン印刷社